RAZAS DE PERROS FAVORITAS

LOS GOLDEN RETRIEVERS

por Mary Ellen Klukow

AMICUS | AMICUS INK

Amicus High Interest y Amicus Ink están publicados por Amicus
P.O. Box 227, Mankato, MN 56002
www.amicuspublishing.us

Información del Catálogo de publicaciones de la Biblioteca del Congreso

Names: Klukow, Mary Ellen, author.
Title: Los golden retrievers / by Mary Ellen Klukow.
Other titles: Golden retrievers. Spanish
Description: Mankato, Minnesota : Amicus/Amicus Ink, [2020] | Series: Razas de perros favoritas | Audience: Age 7. | Audience: K to Grade 3. | Includes index.
Identifi ers: LCCN 2018054510 (print) | LCCN 2018055578 (ebook) | ISBN 9781681519166 (eBook) | ISBN 9781681518909 (hardcover)
Subjects: LCSH: Golden retriever--Juvenile literature.
Classifi cation: LCC SF429.G63 (ebook) | LCC SF429.G63 K5818 2020 (print) |DDC 636.752/7--dc23
LC record available at https://lccn.loc.gov/2018054510

Créditos de las imágenes: Shutterstock/Irina oxilixo Danilova cover; iStock/GlobalP 2, 8–9, 24; Shutterstock/Volodymyr Burdiak 5; iStock/vbacarin 6–7; iStock/photodeti 9; Shutterstock/MirasWonderland 9; Alamy/Tierfotoagentur 10–11; iStock/Figure8Photos 13; AP/D Fahleson/Houston Chronicle 14–15; iStock/Photology1971 16–17; 123rf/ Susan Richey-Schmitz 18; Shutterstock/Susan Schmitz 18; Alamy/Blue Jean Images 20–21; Shutterstock/Africa Studio 22–23

Editora: Alissa Thielges
Diseñador: Ciara Beitlich
Investigación fotográfica: Holly Young

TABLA DE CONTENIDO

UN PERRO FELIZ

¡Un ruido seco! Un perro menea la cola. El perro es grande y amarillo. Tenía una cola larga y peluda. ¡Es un golden retriever! Los golden son conocidos por ser felices y tontos. También son amigables e inteligentes.

Hechos peludos

El golden retriever es la tercera raza más popular de América. Son los segundos en popularidad en Canadá.

DOBLE PELAJE

Todos los golden son amarillos. Algunos son de color más claro. Otros son más oscuros. Todos tienen pelajes largos. Sus pelajes tienen dos capas. La capa interior los mantiene calientes. La capa exterior **repele** el agua.

HISTORIA

Los golden retriever son de Escocia. Dudley Marjoribanks creó esta raza. Quería un perro amoroso que pudiera cazar. ¡Le tomó más de 60 años crear la raza!

Hechos peludos

Dudley mezcló razas como labradores y setters para hacer al golden.

COMPAÑEROS DE CAZA

¡Pum! Un cazador le dispara a un pájaro. Un golden retriever le lleva el pájaro al cazador. Para esto se los creó. Todavía se entrena a los golden para cazar.

AYUDANTE

Los golden también tienen otros trabajos. Algunos son **perros de servicio**. Pueden guiar a personas ciegas. Los golden también se usan para **buscar y rescatar**. Olfatean en las zonas de desastre. Encuentran sobrevivientes.

Hechos peludos

¡Los golden pueden entrenarse para abrir puertas, encender luces y mucho más!

SEARCH

GOLDEN RETRIEVERS FAMOSOS

Algunos golden son famosos. Bretagne, que se muestra a la izquierda con su entrenador, ayudó a rescatar a personas después del ataque a Nueva York el 11 de septiembre de 2001. Los perros en las películas *Air Bud* también eran golden retrievers.

Hechos peludos

¡El actor y cantante Nick Jonas tiene un golden llamado Elvis!

CACHORROS

Las madres de golden retriever tienen de 8 a 12 cachorros en una **camada**. Los cachorros de golden crecen rápidamente. Necesitan juguetes masticables. Los juguetes son de ayuda cuando los dientes de los cachorros están creciendo.

ENTRENAMIENTO

Los cachorros crecen. Necesitan ser entrenados. Es fácil entrenar a los golden. Son inteligentes. Les encanta hacer felices a las personas. ¡Especialmente les encanta comer golosinas!

PERROS DE FAMILIA

Los golden retriever son grandes mascotas. La gente ama sus hermosos pelajes y su amorosa personalidad. A los golden les encanta acurrucarse y jugar. Son parte de la familia.

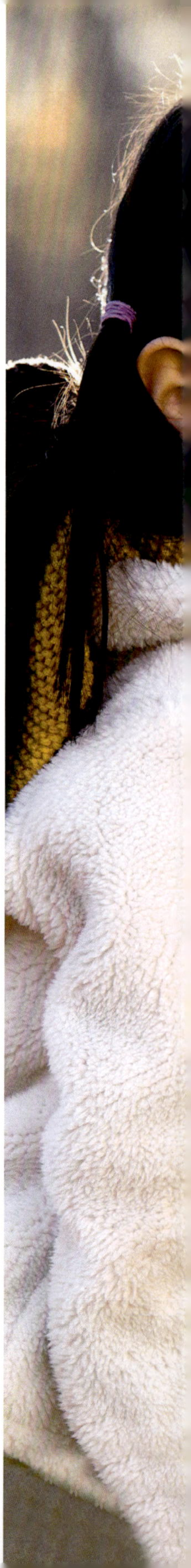

¿CÓMO SABES QUE ES UN GOLDEN RETRIEVER?

PALABRAS QUE DEBES CONOCER

buscar y rescatar: encontrar sobrevivientes de desastres para que puedan salvarse

camada: un grupo de cachorros todos nacidos al mismo tiempo de la misma madre

labrador: un labrador retriever; otro tipo de raza de perro creada para la caza

perro de servicio: un perro que asiste a personas con discapacidades

repeler: mantener algo alejado

setter: otro tipo de raza de perro creada para la caza

ÍNDICE